AF397533

KOSTESKABET

Et repertoire af 11 spændende og uforudsigelige

NOVELLER

BOOKS ON DEMAND

Kosteskabet

Omslag: Anne Jørgensen Lilleager

Forlag: Books on Demand GmbH -
København, Danmark

Tryk: Books on Demand GmbH -
Norderstedt, Tyskland

ISBN 978-87-4301-233-7

Tidligere udkommet
af samme forfatter:

Trykte bøger:

Kriminoveller og andre historier til gys og hygge
Hannas verden Ve' du hva' og
Pinden, sneglen og bladet

E-bøger:

Da jeg var fremmedarbejder
Digte
Erika og hendes legekammerat Sebastian
Kriminoveller og andre historier til gys og hygge
Nisse og Kogle. Et juleeventyr for store og små

INDHOLD:

KOSTESKABET
En gyselig krimi med humor

Korrekturlæst af Emilie Eva Lilleager Poulsen

Med stigende rædsel læser Stefan Raskenberg nyheden og taber avisen. Han når at gribe et par sider, mens resten lander enkeltvis og elegant på gulvet.

Han kravler rundt på alle fire for at samle siderne op, ramler ind i et køkkenskab og i kattens vandskål. Vandet skvulper over på katten, der piler afsted med et hvæs. Han stirrer efter dyret, rejser sig og støder hovedet mod bordkanten.

"Avuu … ," mumler han.

Så lukker han katten ud, tørrer vandet op fra gulvet, sætter sig tilbage ved morgenbordet med avisen, retter på håret og prøver at tænke fornuftigt.

"Gunhild," råber han, "kom og se."

Gunhild er Stefan Raskenbergs husholderske og har været det fra han var 10 år. Hun blev ansat, fordi han havde mistet sin mor, og hans far skulle passe sit krævende arbejde som

direktør ved postvæsenet. Nu er der bare ham
og Gundhild tilbage.

Stefan er 37 år og har kun været hjemmefra,
da han en tid var soldat. Han arbejder fra kl. 8
til 16 i det danske datterselskab af den tyske
koncern IT -Kopenhagen.

Han har lyst, tilbagestrøjet hår med krøller i
nakken og et fortænkt udtryk over panden.
Hans mund er tvær og øjnene sammenknebne
men kan på mirakuløs vis pludselig lyse op i et
smukt og varmt smil, der charmér og går lige i
hjertet på hans omgivelser. Så ved hans
kollega og ven John Superstar med det iltre
temperament, der ind imellem kulminerer i
uovervejede handlinger, at Stefan har fået en
idé til en rask lille plan.

Gunhild er grundig med sin orden i huset,
også inde på Stefans kontor. Derinde ser hun
det som sin pligt af og til at undersøger hans
stationære pc for fadæser og vrøvl, når han er
på job. Hun har dog pli og respekt nok til ikke
at rette eller slette noget, så Stefan kan opdage
den aktivitet.
Med påfaldende undtagelser styrer hun
hjemmet med struktur og ordentlighed.

”Hvad er der?”

Gunhild kommer tøffende ind i nedtrådte morgensko og en kimono af ældre dato. Omkring hendes korpulente mave er hun i færd med at binde et nystrøget forklæde med store lommer og smæk.

”John Superstar blev løsladt i går. ”

”Og?”

Hun vender ryggen til ham og tøffer hen til kosteskabet. Skramlende tager hun støvsuger, slange, rør og gulvskrubbe ud og får bakset delene hen foran døren ind til stuen.

”Ja altså, så hør dog på mig, og vent lige med det der larm! Det var mig, der fik ham i spjældet, fordi jeg sladrede som hævn for hans forsøg på at jorde mig, dengang … ”

”Tror du, han vil opsøge dig?”

”Det vil jeg vædde hvad som helst på. Han kan finde på alt, når han er hidsig.”

”Måske er hidsigheden dampet af efter … ”

Gunhild når ikke at sige mere, for i det

samme lyder der en høj banken ude fra hoveddøren.

"Du må ikke lukke op," bævrer Stefan, "eller sig jeg ikke er hjemme, uanset hvad og hvem det er."

Der lyder et kæmpe brag, som om hoveddøren bliver sparket ind. Stefan rejser sig og rykker febrilsk og hurtigt baglæns. Kosteskabsdøren står åben som nærmeste mulighed for flugt. Han når lige at lukke den efter sig.

Døren til stuen ryger op. Ind kommer John Superstar hætteklædt og med en revolver i hånden. Han laver et flyvespring over støvsugeren, får det ene ben viklet ind i slangen, som lægger sig over hans fod, og får i farten ved forsøget på at vikle sig ud, kosteskaftets metalafslutning smasket midt i hovedet, oven over næsen. Det ublide slag flækker hans ene øjenbryn og laver et blødende sår i panden.

Blodet flyder ned i hans øjne, mens han i blinde småløber fremad og forsøger at finde balancen. Han ramler ind i bordet, Stefan sad ved få minutter før, og ender på gulvet. Han taber revolveren, som han på mirakuløs vis stadig havde i hånden, og kommer samtidig til at sparke til skyderen, så den ryger hen over gulvet.

”Av for Fucken up mine ribben, for Helvede,” råber han og tager sig til brystet.

”Velkommen John, det er lang tid siden ... ” Gunhild står og peger på ham med revolveren.

Imens inde i kosteskabet sidder Stefan og ryster. Han er glad for, at den stædige Gunhild i sin tid insisterede på, at kosteskabet skulle være i dobbelt bredde, og at rengøringshalløjet er taget ud, så der er plads. Han sidder ned med siden mod døren og ryggen op ad væggen. Knæene er trukket op mod næsen. I farten har han beskyttet sig på lettere neurotisk vis med en metalspand over hovedet som hjelm og en aluminiumsplade sat op ad døren.

Da han har siddet lidt tid i mørke inde i spanden og hørt på den frygtelige larm udenfor, overvejer han at åbne kosteskabsdøren på klem, så han gemt bag døren kan se, hvad der sker. Ingen vil kunne høre klikket fra låsen, når han skubber døren op, tænker han, eller lyden af den udvendige, løsthængende hasp beregnet til en hængelås. Først skal han bare have spanden af hovedet for at kunne se noget, og pladen skal over på den anden side af ham selv, så den ikke skubber døren helt op.

Han når kun at tænke tanken, da kosteskabsdøren bliver revet op. Aluminiumspladen vælter larmende ud sammen med Stefan, der udstøder et langt vræl, ruller rundt og ender på maven med snuden mod gulvet. Han løfter hovedet og løfter bagdelen i vejret for at rejse sig. Spanden bliver holdt fast af håndtaget om hagen.

Så hører han Gunhilds stemme:

”Bliv liggende … ”

Forsigtigt skubber han spanden opad, så han kan se. Øjnene kommer i kontakt med et grufuldt syn:

Over ham står Gunhild med bister mine. Hun peger på ham med en revolver.

Længere henne ligger en hætteklædt mand, der ligner John Superstar, og fremstøder underlige lyde.

Spanden falder tilbage over hans ansigt.

”Rør dig ikke,” siger Gunhild.

” Hva’? nej …hva’ vil du? ” runger Stefan, ”jeg mener … har … har du tævet ham sønder og sammen med dine rengøringsredskaber hva’? Godt skuldret! Men flyt lige den skyder der væk fra mig! Er du helt fra den? Forbryderen er derovre! Er den ladt den tingest der? hm … hø

... hakke hakke ... host."

Stemmen slutter i et ekko.

"Hvor har du gemt pengene? " Gunhilds stemme er uforsonlig.

I mange, lange sekunder er der stille inde fra spanden. Udefra afbrydes den af stødvise, ukendelige ord fra John Superstar.

Så runger Stefans stemme:

"Hvilke penge? Hvad snakker du om?"

"Pengene du fik John sat i spjældet for. Det var dig, der overførte kundernes indbetalinger i IT-Kopenhagen til din egen skjulte konto i Schweiz . Og du lavede transaktionen hjemme hos John på hans stationære pc ikke osse? Så da svindlen blev opdaget fik han skylden."

"Jeg ved ikke, hvad du taler om. Hvordan skulle jeg kunne det? Det er mig, du sigter på Gunhild. Det er mig, du skal tro på og hjælpe ... ," runger Stefan.

"Hvor er pengene? Du kan vælge mellem, at jeg skyder dig i benet, eller at jeg går til politiet, hvis du ikke fortæller det.”

”Du kan ingenting bevise … ”

”Der ligger et krypteret foto af Johns NemID og hans kørekort på din computer. Det lå der besynderligt nok lige efter, du havde besøgt John og pengene var forsvundet fra firmaets konto. Det tror jeg, politiet vil finde interessant.”

”Sludder, … så du lusker rundt i min pc og løser krypteringer? Jeg har ikke nogens NemID og har ikke krypteret noget dit vrøvlehoved.”

”Hvor er pengene? ”

”Hvorfor gør du det her?”

”Fordi du er et amoralsk, materiefyldt insekt. Laver svinestreger overfor din ven og kollega og er ikke engang klog nok til at slette sporene ordentligt. Skyderen her er rettet mod dit venstre ben lige ved kronjuvelerne.”

”Men John derhenne er vidne. Han kan sladre om dig og fortæller politiet det, hvis du skyder mig i benet.”

Et ekko-hvæs af t-lyd slutter sætningen inde fra spanden.

”Sladre? Hvis nogen sladrer, bliver det mig. John skal du ikke bekymre dig om! Gå ind i kosteskabet igen! Tag spanden af hovedet og lad pladen ligge.”

Gunhild vifter retningen ind i skabet med revolveren. Prompte hiver Stefan spanden af hovedet og smider den fra sig. Den forcerer gulvet med nogle metalliske gonggong lyde. Som lynet er han tilbage i kosteskabet.

Med den frie hånd tager Gunhild en Ruko-lås, der ligger på hylden over komfuret. Hun sætter den i bøjlen til haspen på kosteskabsdøren og trykker låsen i bund.

”Hov hov, du kan da ikke bare låse mig inde!” råber Stefan inde fra kosteskabet.

”Jeg skyder dig i benet senere,” siger Gunhild, ”hvis ikke politiet har hentet dig.”

Gunhild lægger revolveren i lommen, lader hånden blive i lommen, og retter øjnene mod John.

"Så er det din tur gamle dreng," siger hun.

Men han ænser hende ikke. Han har lagt sig i fosterstilling med ryggen til og krummer sig samme i ryk.

"Ungdom - hmm ... fremtidens håb ... Superstar og Raskenberg ... vor Herre bevar os." Gunhild ryster på hovedet og tager hånden med revolveren op af lommen.

Der lyder et øredøvende brag. Hun springer i vejret med et skrig, så tøflerne ryger af, og skyderen ryger ud af hånden på hende. Hun er kommet til at trykke på aftrækkeren.

Gulvet viser et sort hul og sort røg. Lommen og det nystrøgede forklædet er flænset. Heldigvis er kuglen gået i en vinkel væk fra hende, så fødderne er intakte.

John rejser sig halvt op og stirrer paralyseret på hende.

Inde fra kosteskabet er der stille.

Med hænder, der ryster, samler Gunhild revolveren forsigtigt op fra gulvet, ser benovet på den, og ranker sig. Så afmonterer hun den, lægger den til afsvaling på køkkenbordets blanke metalplade sammen med patronerne, og går på bare tæer beslutsomt hen til John, hiver ham op og trækker ham ud på badeværelset.

Hun sætter ham på en badebænk. Hans ansigt og hættetrøje er oversmurt med blod.

"Nå, John Superstar," siger hun, "havde du tænkt dig at skyde Stefan?"

"Hva' ?" får John fremført, "du skulle have skudt benet af den skid ... "

"Halløj! Du står til fængsel for mordforsøg. Braser ind i folks hjem med en revolver. Hva' be' ha'r? Men Stefan fortjente den forskrækkelse, du gav ham. Jeg hjalp dig med at skræmme ham. Stefan tror, at pengene står trygt på hans skjulte konto og aner ikke, at jeg kender til den. Jeg har alle pengene."

Hendes bare fødder klapper mod flisegulvet ud af badeværelset, og hun kommer kort tid efter tilbage med revolveren. John ved ikke, om hun har sat patronerne i.

"Vil du med mig ud at rejse," siger hun, "hvis jeg undlader at fortælle politiet eller nogen andre om dit uheldige stunt i morges? Stefan så ikke, hvad der skete. Han sad i kosteskabet. Han tror, jeg tævede dig med køkkenredskaberne. Hvis du vil med, får du del i pengene."

"A' hva' ... ?" lyder det fra John.

"Skynd dig at tage et hurtigt bad," fortsætter hun, "du ligner et værtshusslagsmål – har du drukket? Du stinker af sprut. Der ligger en ren trøje på vaskemaskinen. Den passer dig vist nogenlunde, selvom den er til damer og nok er lidt løs i det til dig. Der er plaster i skabet over vasken. Imens går jeg ind og klæder mig ordentligt på."

John kigger mistroisk på det lyserøde stof på vaskemaskinen og fremstammer:

"Det nægter jeg. Jeg vil ikke have en lyserød dametrøje på."

"Jeg har en kuffert med tøj stående parat i mit garderobeskab," siger Gunhild og overhører Johns indvending. "Du kan godt bruge dine egne lange bukser. Der er ikke blod på. Jeg lægger noget af Stefans tøj i kufferten til dig."

Hendes bare fødder klapper mod flisegulvet ud af badeværelset.

Stefan hamrer på døren inde fra kosteskabet og forbander sin grundighed, da han byggede det.

"Hvad sker der? Så lås mig ud!" råber han, "HJÆÆÆLP …. "

Han banker og råber og hiver i døren. Lukkeanordningen klikker virkningsløst, hver gang døren hamrer mod rukolåsen.

Efter en tid hører han hoveddøren smække …

Stefan og John havde arbejdet sammen i IT –
Kopenhagen i et team af særligt betroede
medarbejdere, som havde at gøre med
transaktioner fra kunderne og udbetaling til
diverse poster.

Efter nogle år i firmaet fik Stefan nykker over
alle de penge, han sad og flyttede rundt på.
Han fik en idé til en 'lille rask plan', som han
udtrykte det med et af sine overraskende smil.
Han delagtiggjorde John i planen. De skulle
med kryptering videreføre kundernes
indbetalinger til Stefans skjulte konto i
Schweiz. En konto hans far havde givet videre
til ham. John skulle, hvis han ville være med,
have fuld adgang til kontoen.

Men John havde advaret ham og ville ikke
være med.

Stefan blev både fornærmet over afslaget på i
hans øjne det gavmilde tilbud og også bange
for at have været for åbenmunde. Hvis han
kørte solo og bedrageriet kom frem i lyset, ville
det ikke være godt, at John vidste, det var ham.

Han fandt løsningen på sit dilemma en dag,
han besøgte John og de var inde på hans
arbejdsværelse. Johns NemID og kørekort lå
fremme. Han fik John til at gå ned og købe en
flaske rødvin og nogle chips til dem; han ville

*selv lige udfylde en rapport til dagen efter,
sagde han.*

*I Johns fravær lavede Stefan transaktionerne
på Johns pc.*

*I skyndingen, hvis John mod forventning
skulle komme hurtigt tilbage, tog han et foto af
Johns NemID og kørekort. Hjemme krypterede
han det i sin egen pc.*

*Nogle måneder efter blev en medarbejder
mistænksom og fik ledelsen til at igangsætte en
grundig revision. Da bedrageriet blev fastslået,
blev Stefan som de øvrige medarbejdere
afhørt. Han lagde mistanken over på John ved
at sige, at John havde prøvet at lokke Stefan til
at være med til at stjæle pengene.*

*John blev mistænkt og dømt for bedrageriet,
fordi man fandt frem til, at overførslen var
sket hjemme fra hans stationære pc. Han
fortalte i selvforsvar om Stefans forslag og
dennes afsløring af en skjult konto i Schweiz.*

*Men ifølge politiet og domfældelsen var
Johns version en søforklaring. De mente at
have bevis på, at det var John, der havde
fjernet og gemt pengene.*

Og han kunne ikke modbevise det.

*

”Min bil holder er stykke væk," siger Gunhild, ”det kneb mcd parkeringspladser i går.”

John sjosker forvirret, krumbøjet og træt bag efter Gunhild. Han har plaster i panden og over det venstre øjenbryn. Han har ondt i hovedet og i hele kroppen. Han har en lyserød damebluse på, der stumper på ærmerne over de behårede underarme.

Da Gunhild kom tilbage til badeværelset med kufferten og selv havde skiftet tøj og John stod i bar overkrop, kommanderede hun ham igen til at tage den bluse på, der lå på vaskemaskinen. Der var ikke tid til at åbne kufferten, sagde hun. De skulle væk inden Stefan fik banket kosteskabet i stykker. I det mindste havde John haft nærvær nok til at vende vrangen ud på dametrøjen, så flæserne blev skjult.

Hun er klædt i en grå, løsthængende dragt med store lommer. Gad vide, hvorfor hun altid render rundt med store lommer på tøjet, tænker

John. I den højre forlomme synes han at ane konjekturerne af en revolver.

Med et sammenbidt smil jokker hun afsted i brune, fodformede sko, trækkende en mellemstor kuffert på hjul.

I går, da John kom ud af spjældet, var han besat af tanken om en mulig konfrontation med Stefan Raskenberg. Hans ophobede vrede gjorde, at han ikke kunne falde i søvn om aftenen. I håb om, at søvnen ville indfinde sig, drak han nogle glas af en Johnnie Walker. Men i stedet for at falde i søvn blev han mere og mere splitter rasende. Til sidst var han så komplet blæst i hjernen, at han i vildskab tog sin revolver frem, der plejede at ligge til pynt i glasskabet med udstillingsgenstande.

I den tilstand opsøgte han Stefan her til morgen. Han ville bare true ham med revolveren og få ham til at indrømme sandheden. For Stefan Raskenberg var en kujon, når noget gik ud over ham selv. For en sikkerheds skyld og som følge af sit sinds dramatiske højder satte han patroner i.

"Skal jeg hjælpe med kufferten?" tilbyder

John.

Men Gunhild ser indigneret på ham og fortsætter sin ihærdige traven.

"Hvorfor vil du dele pengene med mig?" siger han. "Du kan melde mig for mordforsøg og så selv skride med gyserne."

"Du er straffet med fængsel for et bedrageri, Stefan har begået."

"Jaaa ... men hvad får du ud af det?"

"Du skal være min Bodyguard. Det er betryggende for en gammel kone som mig at have en rask fyr med, der kan passe på os og pengene."

"Hvordan sporede du pengene og fandt ud af, det var Stefan og ikke mig?"

"Jeg har nogle fordele," siger Gunhild, "og så gættede jeg. Jeg kender både Stefan, hans pc og har gennemskuet hans krypteringssystem. Stefans far gav mig fuld adgang til en skjult konto i Schweiz for det tilfælde, at han med sin sygdom skulle gå bort, før han fik overdraget den til Stefan. På det tidspunkt var Stefan inde for militæret.”

Gunhild stopper et øjeblik op for at hive efter vejret.

”Faren nåede selv at overdrage kontoen til Stefan,” fortsætter hun, ”som aldrig har fået at vide, at jeg også har adgang til den.”

Hun fortsætter sin forklaring:

”Jeg fandt det besynderligt, at der pludselig stod flere millioner ekstra på Stefans skjulte konto i Schweiz, som svarede ca. til det, der var forsvundet fra jeres firma, og som du sad inde for. Da jeg så tydede det krypterede foto af dit NemID, blev jeg mistænksom.”

”Hvordan kunne du vide, det var mit NemId?

”På fotoet lå dit kørekort ved NemId-et. Måske havde han taget fotoet i en slags storhedsvanvid. Usmart og amatøragtigt, selvom det var krypteret.”

Trods Gunhild sympati har John betænkeligheder.

På denne her måde slipper Stefan stadig for fængselsstraf, tænker han, og han selv er fortsat stemplet. Gunhild kan ikke gå til politiet og fortælle sandheden, når hun selv vil stikke af med pengene.

Han prøver at jage tågerne væk fra nattens besværligheder med en Johnny Walker.

Hvis han tager imod pengene, er han medskyldig. Gør han det ikke, vil hun helt sikkert melde ham for mordforsøg.

Det er ren afpresning.

Han kan også få skylden for Gunhilds fadæse, da hun var tæt på at futte hytten af. Stefan sad i kosteskabet og hørte det voldsomme skud men så ingenting.

John krummer sig sammen og tager sig til

maven. Han ser Gunhilds hånd strejfe hendes højre lomme. Måske tilfældigt, måske for at give et vink om hendes magt over ham. Han rejser sig hurtigt op igen.

Hvad tænkte han dog på i morges? Han har aldrig skudt nogen og tror ikke, han ville skyde Stefan sådan for alvor.

Fanden tage hans temperament og natten med en Johnnie Walker.

Han mærker sveden drive ned over øjenbrynene, ned i øjnene og fra armhulerne. Den løsthængende, lyserøde damebluse klistrer mod huden.

*

”Sæt dig ind på forsædet John. Jeg lægger lige kufferten ind i bagagerummet.”

”Skal jeg hjælpe dig med kufferten? Den ser tung ud?

Gunhild ser igen indigneret på ham og siger:

”Næ tak, selvom jeg er af ældre dato, er jeg ikke blevet så affældig, at jeg ikke kan løfte en kuffert.”

"Men vil du så være rar at finde en af Stefans skjorter eller trøjer til mig, før du lukker bagsmækken på bilen?”

Hun får med besvær løftet kufferten og får lagt den på plads i bagagerummet. Det med trøjen ignorerer hun.

John sætter sig ind i passagersiden. Han lader bildøren stå vidt åben. Sikkerhedsselen hænger urørt. Han er vred og bange. Han overvejer at stikke af eller lægge hende ned i et snuptag. Hun er en gammel kone. Hvad venter han på? Men tanken om Gunhilds højre lomme og hele hendes fremtoning af uforudseelig magt gør ham usikker.

Gundhild sætter sig ind bag rattet og smækker døren i sin side.

”Luk døren og tag sikkerhedsselen på!” lyder det fra hende.

John smækker døren og trykker sikkerhedsselen i bund. Vreden vælter op i ham.

Men han har dummet sig en gang i dag, og Gunhild er uforudseelig. I hendes højre lomme er der måske en pistol. Det lykkes ham at sluge sin vrede.

Hun stikker nøglen i tændingen. Der lyder nogle underlige host og prust. Bilen har åndedrætsbesvær. Den vil ikke starte.

"Satans, det var lige, hvad der manglede." Hun sparker til fodpedalen.

"Benzinmåleren står i nul," siger John meddelsomt og kan næsten ikke skjule et smil, der truer med at bryde frem.

"Det kan jeg godt selv se." Gunhild kigger opgivende ud ad forruden.

"Skal vi blive siddende sådan her?" siger John, "eller kan jeg gå hen til en benzintank og få fat i en dunk benzin?"

"Du går ingen steder. Vi går til

bagageindleveringen ved stationen. Der kan vi finde en boks til kufferten. Så kan du også få en anden trøje på.”

”Jamen, ville du ikke have kufferten med på turen? Og hvad så med bilen? Tænker du, at vi tager toget?"

”Jeg har tjek på det, lad os stige ud igen.”

Gunhild ruller afsted med kufferten. Hendes fodformede sko trykker hårdt mod asfalten. De grå tjavser på hovedet kæmper med vindens forgodtbefindende. Johns sjosker ved siden af.

"Boksene på stationen er da for små til den kuffert, du triller afsted med," siger han.

”Kufferten skal også med os videre,” siger Gunhild, ”men der er noget i den, jeg ikke behøver at slæbe rundt på. Bag efter kan vi ringe efter Falck.”

Kontanter, tænker John, hun har s’gu pengene

på sig i kontanter eller en del af dem. Måske i en mindre taske eller viklet ind i en trøje el. lign.

Parret trasker afsted. Hvis John får mulighed for at slippe væk fra hende, vil han alamere politiet og sige, at Gundhild Rosenkær er ved at flygte med efterlyste penge i kontanter. Hun er ved at lægge dem i en boks på Ørsholm station, vil han sige. Politiet vil snart kunne finde hende i bilen, som har nr. AB 32512 og lige nu står på Højparkens parkeringsplads.

Han har intet at tabe, hvis han tager fejl. Han vil lægge mærke til boksnummeret og fortælle det med sin opringning.

Han har sin mobil i lommen. Den er med taletidskort, fordi det var på den måde, han hurtigt kunne få gang i telefonen, da han blev løsladt. Han kan ringe uden at blive registreret. Han vil destruerer taletidskortet efter opkaldet.

De trasker i tavshed og når Ørsholm station og boksene ved bagage indleveringen.

Gunhild åbner kufferten og rækker endelig en lang herre T-shirt i neutral farve til John. Han hiver det lyserøde flæsetøj af kroppen og rækker det tilbage. Ud ad øjenkrogene ser han, at hun tager en mindre taske op.

Han skimter, at hendes blik fokuserer på nummer 28. Hun lægger tasken på kufferten og tager en pung op af lommen, for at finde en mønt til boksen.

En pung – er det den, han hele turen igennem har været bange for?

John har netop fået T-shirten ned over hovedet og armene, da der lyder et sønderrivende brag.

'Ikke igen' dundrer det gennem hans hoved, mens han smider sig på jorden med ansigtet nedad. Skrig og tramp lyder henover perronen.

Han krabber sig hen til en bænk . Så retter han blikket mod Gunhild. Har hun alligevel en revolver? Men hun er væk. En sløret, udefinerlig sky dækker stedet, hvor hun skulle stå.

Det løber iskoldt ned ad ryggen på ham. Han glemmer alt og flygter. Krumbøjet og i zik zak styrter han op bagved et højt buskads og er ved at vælte over Stefan, der står med armene ned langs siden og en pistol i den ene hånd.

Stefan vender sig mod ham med et af sine overraskende smil og siger med uventet sikker stemme:

"Militærtidens skydeøvelser var alligevel ikke formålsløse. Jeg ramte plet."

Så smider han pistolen og forsvinder ud på perronen med løftede arme og råber:

"Ingen panik, jeg skyder ikke mere."

To betjente kommer spænende, smider ham på jorden og lægger ham i håndjern.

Gunhild er dukket frem af skyen. Hun sidder på sin bagdel med benene spredt ud til hver sin side. Over hende og rundt om hvirvler en blanding af papirer og pengesedler som sodet konfetti.

En halvskudt taske ligger og ulmer.

Folk stirre nysgerrigt udefra og ind på perronen. Fra Stefan, der ligger på jorden og har fået håndjern på, hvorefter betjentene hiver ham op i kraven, og mod Gunhild og nogle betjente, der prøver at rejse hende op.

Så begynder den vilde jagt på forkullede pengedrømme.

John står og kommer i tanke om at trække trøjen ned over maven.

Epilog

John Superstar fik en pæn sum penge i erstatning for uretmæssig frihedsberøvelse. Ingen nævnte hverken hans eller Gunhilds uheldige stunt den famøse dag.

Som tak for det, spenderede John nogle af pengene på at lægge nyt gulv i Stefan og Gunhilds køkken og bygge et nyt kosteskab. Det skete i al stilfærdighed, mens Stefan og Gunhild fik deres daglige forplejning i et fængsel.

Resten af pengene brugte han på at købe et hus i udkantsdanmark. Hver dag cyklede han 12 km. til den nærmeste lokale købmand, hvor han arbejdede som komis.

Det virkede beroligende på hans temperament, sagde han

Stefan Raskenberg fik fængselsstraf for bedrageri. Der var belastende omstændigheder, fordi han på æreskrænkende måde havde ladet skylden gå over på John. Det mest alvorlige blev dog understreget med, at han havde forsinket politiets opklaringsarbejde.

Der var formildende omstændighcdcr, fordi han havde stoppet Gunhilds flugt med pengene. Uagtet formildende omstændigheder fik han en stor bøde for ulovligt brug af våben.

Efter udstået straf, hvor han havde lært nogle tricks i fængslet, der var mere professionelle end hans egne, solgte han huset og blev en lovlydig kvotekonge i Hirtshals.

Gunhild fik fængselsstraf og samfundstjeneste for tyveri og hacking. Hun aftjente sin samfundstjeneste i Jansens fiskeforretning på Nørrebro i København.

Hun stod for regnskaberne, og da Jansen så, hvor kreativ hun var på det område, giftede han sig med hende i håb om, at hun så ikke stak af med pengene.

Som ekstra tjans hjalp de begge Stefan med at sælge hans nordjyske fisk.

Katten? Den flyttede tilbage i huset og blev hos de nye ejere, som aldrig kunne finde på at vælte dens vandskål.

SØVNLØS
en tegnet hest

Mapper. Har travlt med at sætte alt op i mapper på computeren. Opdager at alle historier, færdige som ufærdige, er sat i forskellige mapper. Alt er med. Men hvilken historie er i hvilken mappe? Det er uoverskueligt at kigge alle de mapper igennem og endnu mere uoverskueligt at se alle de historier igennem i en mappe, man tilfældigvis åbner.

Der er også en ny historie, som endnu ikke er skrevet. Den skal i en mappe, men hvilken? Er der en mappe for endnu ikke skrevne historier?

Det er meget klart at søvnen ophører og kalder på vågen tilstand med så stort et projekt. Men nu bliver den vågne tilstand indfanget af en tegnet hest, som ikke vil stå stille. Hver gang søvnen er ved at indtræffe, kommer hesten frem og gør sig lystig. Den fremviser forskellige stillinger med ben, bevægelser og dansetrin.

Hov! Hør – nej nej. Hesten bliver
påtrængende og står på min pude. Den spørger,
hvorfor jeg ikke fanger den, når den nu har gjort
sig så store anstrengelser.

Jeg rækker ud efter hesten, som kan være i
min hånd, for større er den trods alt ikke. Den
blinker til mig med store øjne under øjenlåg og
øjenbryn. Det trækker op til konfrontation.

- Jeg lægger dig i en mappe under 'Hest', siger
jeg, - Hvad siger du til ikke at blive fundet igen?

Jeg sætter mig op i sengen med et sæt.
Hesten er vokset til normal størrelse. Den står
foran mig på gulvet og ser bebrejdende på mig.

- Jeg mangler sko, påpeger hesten, - har du
fuldstændig glemt, i dit forsøg på at tegne mig,
at jeg skal have sko på?

- Det gider jeg altså ikke svare på, siger jeg, -
og herinde i mit soveværelse må du i hvert fald
ikke have sko på.

Mit hjerte hamrer vildt. Hvordan skal jeg forsvare overfor nogen, uden at blive anset for at være utilregnelig, at jeg har en hest boende? Det er trods alt et anderledes problem end at have en hund, der ind imellem galper. Hvis hesten begynder at vrinske ud ad vinduet på min altan, vil nogen måske opdage, at jeg har en hest boende på 1. sal. Og hvordan får jeg hesten ned ad trapperne? For den skal vel ud engang imellem.

  - Hvad hedder du, spørger jeg for at springe ud i det.

  - Thorvaldsen, svarer hesten og blinker igen til mig under øjenlåg og bryn; - du er vel godt klar over, at hvis du afslører, at du har mig boende, vil du blive regnet for sindssyg i middelsvær grad, sandsynligvis med tvangsindlæggelse som en mulighed, siger den.

Det gumler jeg lidt på. Jamen det er en hest, der gumler. Ikke et menneske. Jeg ser ned ad mig og synes, der vokser hår og hove frem. Jeg anstrenger mig for at blive helt vågen. Når jeg ikke kan sove, må jeg da i stedet for kunne blive helt vågen og klar. Så samler jeg mig og siger:

   - Du er ikke en rigtig hest. Du er en tegnet hest. Jeg har tegnet og skannet dig ind på computeren men har endnu ikke fået dig ind i en mappe.

   Thorvaldsen er blevet tavs – ha, endelig!

Jeg vågner, bliver lysvågen. Computeren står og flimrer og venter tålmodigt på, at jeg rejser mig op. Jeg griber tegningen af Thorvaldsen med computermusen og maner ham tilbage på computerskærmen, hvor han hører til. Han kommer eftertrykkeligt i en mappe.

   Ud af mappen lyder det:

- Det er den forkerte mappe; der står ikke 'Hest' på.

Jeg skynder mig at slukke for computeren.

Der lyder en vrinsken under mit vindue. Jeg går hen og kigger ned. Til min store forbløffelse forekommer det mig, at en hest galopperer afsted på græsplænen, mens to mænd i hvide kitler spæner efter den.

En blå blinkende hestetransport kommer kørende. Den er overbroderet med tegninger af hestesko.

Jeg stopper brat op, betaget af hesteskoene på bilen. Mine skoløse hove er begyndt at gøre ondt.

Mens jeg knejsende går forbi de måbende, paralyserede mænd med deres hvide kitler og mobiler, præsenterer jeg mig høfligt:

- Thorvaldsen, siger jeg, og træder op ad rampen og ind i bilen.

KOMMAET
i1870

Dødsstraf ved hængning blev ophævet i 1892 i Danmark. Siden har man fundet på mere raffinerede måder at straffe folk på.
– Vi er jo ikke længere barbarer, udtaler Debattør Niels Iversen.

Louise Marie Andersdatter blev dømt til døden i 1870 for fornærmende udtalelser imod sin faster. Det fortæller Sørine, som vi har besøgt i hendes hjem. Hun er en åndsfrisk lille, smilende kvinde på 84 år.

Marie Louise er Sørines tipoldefars lillesøster. Historien er fortalt fra generation til generation.

Sørines historie

Marie Louise havde udtalt sig utilstedeligt overfor sin faster og havde kaldt hende for en gås. Fasteren blev rasende og meldte hende til øvrigheden. Domstolen synes egentlig, at Marie

Louise havde ret desangående, men da fasterens mand var venner med landsretsdommeren, dømtes Marie Louise til hængning.

Imidlertid appellerede Marie Louise gennem et brev til fasteren. Her skrev hun så inderligt undskyld for sit hidsige temperament og det grimme ord. Det var hårde ord i et skænderi, som ikke var ment. Selvfølgelig var fasteren ikke en gås, skrev hun. Fasteren blev rørt til tårer over niecens godhed og trak anmeldelsen mod hende tilbage.

Brevet med tilbagetrækningen af anmeldelsen nåede rettens 4. kontor. Herfra sendte man med bud en anmodning om benådning videre til fængslet, hvor Marie Louise netop var på vej mod skafottet.

Fængselsbetjenten, der modtog brevet, hvor der stod "Benådning" uden på konvolutten, råbte vagt i gevær og stoppede ceremonien, selvom der ellers var købt mange billetter til forestillingen.

I brevet stod der med hastigt skrevet bogstaver: "Benådes ej hænges."
Det var, hvad der stod.

Man enedes om, at sende buddet retur med besked om, at ordene, man havde modtaget, manglede et komma. Man ville vide, om det manglende komma skulle stå før eller efter 'ej', idet dette dog havde en vis betydning for Marie Louises fremtid eller mangel derpå.
Kort tid efter kom buddet tilbage med denne skriftlige besked:

"Da kontorrist Arnold Børgesøn er til frokost, må jeg i hans sted gøre opmærksom på, at syntaksten i dansk retskrivning udelukker kommaer i de tre ord.

På Arnold Børgesøns vegne jeres agtværdige
Rita Broksen"

Man samledes i fængselsdirektørens kontor og hidkaldte flere for at vurdere og diskutere. Tilskuerne nede på pladserne blev utålmodige. Marie Louise sad og ventede og vidste ingenting.

Tilskuerne kom ikke til at gå skuffede hjem.

MÅNEN ER DEN LILLE VISER

den mystiske mand

Månen er den lille viser. Årstiderne den store. Han husker ikke i hvor mange år. Måske tredive måske ti.

Om natten sniger han sig ind i folks baggårde. Her er nyttige ting og mad. Æg fra et hønsehus, som han kan koge i gryden på sit primusapparat langt inde i skoven, hvor han har sit tilholdssted. Isolerende materiale kan også bruges.

Om dagen går han ind i folks huse. Forinden har han nøje afluret deres vaner og faste tider. Han lirker sig ind eller finder evt. et åbent vindue. Alarmsystemer deaktiverer han uden problemer ligesom eventuelle fotoceller.

De fornødenheder, han behøver, tager han med. Det kan være jordnøddesmør, bøffer, kylling, varmt tøj og sko, gode bøger, en lommelygte, batterier. Også et par øller kan være gode at have med.

Han kan ikke lide rejer, tun og markral, så det lader han blive tilbage.

For tiden har han en langærmet T-shirt og cowboybukser på. Og kondisko. Han falder ubemærket ind i menneskemængder. Han er en person, man ikke lægger mærke til.

I vintermånederne er hans skæg trimmet, velplejet og har form. Der må ikke komme frostperler i. Skægget skal isolere og beskytte ansigtet mod kulden . Om sommeren barberer han det væk.

Hans venlige øjne har farve som himlen. Det sagde en pige engang til ham i gymnasiet, for meget lang tid siden. Det var før han gik fra alt og fandt sit hjem i skoven.

En dag er han kommet ind ad et kældervindue, da han hører stemmer ovenpå. Han stivner og lytter intenst. Lydene drukner og bliver mørke.

De skratter. Selvfølgelig, beboerne må have glemt at slukke for en radio eller et fjernsyn. Forsigtigt lister han op ad trappen og åbner kælderdøren på klem til køkkenet i stueetagen. På køkkenbordet står en transistorradio og skratter med et talkshow. Han går hen og indstiller radioen, drejer på antennen. Den lyder som en drøm. Dejligt med stemmer og liv, som han ikke skal tage stilling eller hensyn til.

Han mangler et par varme støvler til vinter. Dem han har, er slidte. Han kigger i entréen, på skohylden og i skabe. Der er ingen støvler i hans størrelse. Han må finde dem hos nogle andre.

Han lister rundt i huset, imens han lytter til stemmerne og musikken i radioen. Åbner døre og lukker dem igen. Han er lydløs og forsigtig.

Hans fotografiske hjerne ser straks i stuen, at der står en bog på bogreolen, der ikke har stået der før: 'Den lukkede bog' af Jette A. Kaarsbøl.

En bog han ikke har læst. Han åbner sin rygsæk
og tager den med til læsning i skoven. Han
holder af at have bøger som underholdning til
ensomme timer.

'En dag i Ivan Denisovitjs liv' af Aleksander
Solsjenitsyn står på bogreolen, hvor den stod
sidst. 'Hvem ringer klokkerne for' af Ernst
Hemingway står ved siden af. Det er gamle
klassikere. Han kan dem udenad ord for ord.
Han læste dem i skolen for mange år siden.

Hver side i en bog er et detaljeret billede for
ham. Når han læser en bog, ved han, hvor
mange ord, punktummer, kommaer, koloner,
semikoloner, tankestreger, indryk osv., der er.
Det er inkluderet forside, bagside og kolofon og
evt. hvis der er lapper på indersiden fra
omslaget.

Han kan tage en hvilken som helst læst bog
frem i sit hoved og gense den. Bedst kan han

dog lide at læse nye bøger og lagre dem i sin hukommelse sammen med dem, han allerede har.

Mens han lister rundt i huset, snupper han i skyndingen nogle ruller lakridser og en pose skumfiduser, der ligger på fjernsynsbordet.

Han går hen og slukker for radioen og lægger den i sin rygsæk. Leder efter ekstra batterier og finder dem på hylden over vasken.

I køkkenskabet står to uåbnede poser kaffe og en pose chips. Dem lægger han i rygsækken. Da han åbner køleskabet, ser han en lækker gryderet og et par liter mælk. Det er gevinst til i aften.

Beboerne forskellige steder omkring den enorme skov undrer sig over de mange tyverier, der tilsyneladende er begået af den samme person. Det er aldrig lykkes at afsløre den tyv, der tager enkelte brugsgenstande, mad, tøj, sko og låner bøger, han stiller tilbage.

Værdigenstande som smykker eller andre dyre ting er aldrig forsvundet.

Nogen satte en dag et skilt foran hoveddøren og skrev:

'Kære tyv. Vi har alarmer overalt i huset og har dobbeltsikret vores døre og vinduer. Du kommer ind alligevel. Vil du ikke nok lægge en seddel om, hvad du gerne vil have, så lægger vi de ønskede ting til dig ved bagdøren. Venlig hilsen beboerne i huset .'

Han svarede ikke. Lægger ikke visitkort. Beskæftiger sig ikke med mennesker. De laver uorden.

Han kravler ud gennem kældervinduet og har allerede registreret fri bane. Så lukker han vinduet til nøjagtigt som det sad. Han går over vejen og ind i skoven.

MONOLOG I SYNSBEDRAG

tidernes ekko

Hvad? Har jeg fået en vorte til på næsen? De er
snart ikke til at holde styr på. Jeg spørger lige
spejlet:

"Lille spejl på væggen der,
hvem er skønnest i verden her?"

Tjaa - ha ha. Det er mange år siden, det spejl
svarede mig med noget fornuftigt. Men jeg
skulle lige prøve, sådan for sjov.

Hov, siger du noget spejl? Du er vel ikke fræk?
Min hørelse er ikke helt fin mere. Men du er jo
høflig. Det lyder fuldstændig som om du svarer:

"Ingen i verden var dejlig som du."

Jeg lægger hånden bag øret og siger:

"Tak tak skal du trods alt ha' spejl, der var jo
engang - og ... "

"Og vorten lidt ungdom dig giver endnu."

"Hvad siger du spejl, skal du gøre nar?
Vorter er for gamle hekse som mig. Skal du
bilde mig gamle kone ind, at der er trolddom i
dem? Lad mig høre?"

"Tider dig hjælper se i dit spejl,
det har en revne, en gammel fejl,
den er en vorte der viser din ungdom,
når du i spejlet her spejler dig stundom."

Er der en revne i spejlet? Den må jeg se at få
repareret. Lad mig kigge nærmere på den revne.
Synet er heller ikke så godt længere.

Hov jamen der er vorten. Vorten er revnen i
spejlet. Nu ser jeg det. Viser den min ungdom?

Jeg tager lige denne her kyse på. Det er én fra
dengang, jeg var smuk og var ude at tjene:

"Så Lille Spejl lille spejl,
tak for alle gamle fejl
nu kan vi bikse fortid som hekse."

Kysen oven på mit hoved bliver helt ny at se på med fint fløjlsbånd. Året er 1892. Mor har syet kysen, fordi jeg skulle ud at tjene. Jeg har en kæreste. Jens og jeg holder i hånden hver aften, når fruen tror, jeg er gået i seng. Vi går ture og snakker og kysser, og så griner vi meget. Det er helt forkert, at vi skal holde vores forlovelse hemmelig, når vi skal giftes til sommer.

"Jamen hvad laver du nu spejl?"

Jeg er gammel kone igen - med vorter - og har lov til at sige lidt sjov til dig spejl. Hvad du ikke svarer på, det viser du.

For nu er der kommet en ung pige ind ved siden af mig i spejlet. Jeg ser fremtid, og den er lige her, hvor fortiden var.

Som et spejl der spejler et evigt ekko af tidernes billeder.

Pigen bliver lyslevende og vender sig imod mig; hun griner og siger:

*"Hvor har du fundet den underlige hue
bedste? Der er spindelvæv oven på den."*

KRYSTALFLASKEN
trauma i poesi og symboler

Overrumplet mærker han krystalflasken smutte fra ham. Glasset krakelerer med lyden af lys falsct og splintret kvas mod gulvet. Chokeret iagttager han som i slowmotion, at den smukke krystalflaske går i mange stykker. Han samler nogle af skårene op og står med dem i hånden. Skjulte billeder toner frem. Billeder af en verden, der er brudt sammen. Hvor døde mennesker ligger på fortovet. En blød lidt spredt menneskemængde forsøger at grave de hårde murbrokker og jord væk for at finde overlevende. Tomheden runger. Hvordan skal han nogensinde få samlet og klinket alle de skår?

   Han er alene med sin ulykkelige viden. Den omklamrer maveregionerne. Infernoet er brudt ud. Flasken kan ikke længere skjule det. På et skilt over murbrokkerne står der: "Skylden er din. Det var dig, der havde flasken. Du havde et ansvar, og du knuste det."

Han går ud i sin bil og kører en tur. Får lidt afstand. Det hjælper ham, at folk ser helt normale ud. Fuldstændig som de plejer.

Tilbage igen henter han en kost og forsøger at feje skårene op på fejebakken. Han får det hele op med støv og hår. Han finder en si og en skål. Da vandet koger hælder han det over i skålen med sien, hælder det over skår, støv og hår. Resterne i sien hælder han ud på bordet. Med pincet og finmotorik samler han flasken som et puslespil, limer skårene sammen stykke for stykke. Der er så små stykker imellem, at de er umulige at få ind i samlingerne.

Sat sammen står en helhed som en kun lidt amputeret flaske. Der er enkelte mikroskopiske huller og ujævnheder. De sidder mest som små grimme revner indvendig. Infernoet med billederne er igen skjulte. De kan smutte ud af de små huller i uopmærksomme stunder, men ingen andre end han vil bemærke det. Ingen andre vil kunne se dem på hans flaske. De har deres egen. Måske, måske ikke er deres flaske intakt.

Alt det arbejde med at lime en flaske sammen. Han har diskret stillet den ned i sit hobbyrum sammen med andre private ejendele, hun ikke har del i.

Det er ved at være sent. Snart træder hun ind ad døren efter aftenarbejdet. Hun vil spørge efter flasken. Vil selv have lov at pakke ind og ned i kufferten. Det er en gave i krystal, hun har købt til sin brors bryllup. De skal afsted tidligt i morgen.

Han smiler pludselig ved tanken om hendes iver og mærker, han har savnet hende. Han mærker roen falde over sig og tænker på den nye krystalflaske magen til den første. Den nåede han at købe, da han var ude at køre.

PARADOKSALT NOK

snorenes betydning

Tiden

kender

ingen

nåde

Hun ser på urets sekundviser, der går utrolig langsomt. Rýk - ryk - rýk - ryk - rýk - ryk. Gad vide, hvor meget man kan nå på et sekund, når man venter. Tres sekunder er et minut. Med den fart, sekundviseren har på lige nu, er et minut oceaner af tid. Gad vide, hvor hurtigt den viser kan gå, hvis man er beskæftiget.

Hun snupper noget snor op fra lommen på sine cowboy bukser og kikker på uret samtidig med, at hun binder snoren fast til lillefingeren. Nu viser uret pludselig: rykrykrykrykrykryk. Seks sekunder tager det at lave den smule. Underligt når nu et sekund tager så lang tid, når man ikke foretager sig noget. Uhyrligt.

Hun skulle skynde sig. Sveden sprøjtede frem

på huden. Hun havde det som om, hun for 2. gang var kommet ud fra det hurtige bad og endnu ikke havde fået tørret sig med håndklædet. Hun var SÅ tæt på at komme for sent. Det gjaldt eksamen. Hendes yndlingsfag måtte ikke gå i vasken med hele den øvrige eksamen, bare fordi hun ikke kunne holde tjek på tiden og absolut skulle sove for længe. Hun prajede en taxa, selvom man ofte kom hurtigere med bussen, hvis altså den kom lige med det samme. "Hurtigt", sagde hun til taxachaufføren, "jeg skal være på Akademiet klokken 9 og klokken er fem minutter i." Han vendte sig mod hende: "Så er der god tid lille dame, klokken er 7.55." Pokkers, nu havde hun taget fejl igen. Hun kunne have sovet en hel time længere minus det kvarter, hun troede, hun havde sovet for længe .....og nu måtte hun ofre penge på en unødvendig taxa, som hun ikke kunne lide at sige fra sådan midt i, at hun kørte i den.

En dame fra stolen overfor spørger, om man kan regne med det ur på væggen, for efter det, skulle hun have været inde til samtale for 10 minutter siden. Hun har sikkert set, at Lene har kigget en del på uret, eftersom lige præcis Lene bliver spurgt. Der er tre andre, hun kunne have spurgt. Lene svarer med høj stemme: "Afgjort nej." Mere bestemt end hun kan tilslutte sig. Uha nej, det kan hun ikke tilslutte sig, men det må blive damens problematik.

Damen ved ikke noget om Lenes relative variable omkring uret kontra tiden, når hun spørger om dets præcision. Lene finder det for indviklet lige nu at forklare om sine ambivalente forhold til tiden.

Omvendt er det med Lenes øjne indlysende rigtigt, at uret er upålideligt. Kan man overhovedet regne med et ur, der går hurtigt, når man skal skynde sig, og langsomt når man gerne vil have, tiden går lidt hurtigere?

Hun fortsætter med sine forsøg. Snor i lommen har hun masser af. Hun vil så gerne have tingene til at hænge sammen, og så er det godt med snor, masser af snor, hvis noget skulle gå fra hinanden.

Da hun kommer hen på Akademiet ... Ja, hvordan var det nu det var. Der var slet ingen. Det viste sig at være lørdag. Hun havde også taget fejl af dagene. Det opdagede hun senere på hjemvejen, da hun mødte Jesper. Jesper er hendes bror. Sin taske havde hun ikke med, og hun havde glemt at tage sin nederdel på men havde da frakken over sig med pung i lommen. Det var meget forvirrende. Det var også inden, hun havde fundet ud af det med snorene, der kunne få tingene til at hænge sammen, give struktur og logik.

Nu vil hun prøve, hvor hurtigt sekundviseren

kan gå, imens hun vikler snor om fødderne. Her må hun vist tage en ekstra stol til hjælp eller sætte sig ned på gulvet. Hun vælger det sidste. Folk kigger. De ved jo heller ikke, at hun er midt i nogle eksperimenter. Senere, når hun bliver kaldt ind, vil hun skynde sig at vikle sig ud af snorene igen for at kontrollere, om sekundviseren løber stærkere end den rigtige tid, når hun skal skynde sig ekstra meget. Hun har sin mobil til at vise den parallelle tid.

Jesper var sød ved hende. Det plejer han ellers ikke at være. Han sagde ja til alt, hvad hun fortalte ham, og pludselig stod de her i dette venteværelse. Han førte hende hen til en sygeplejerske, som skulle holde øje med hende til det blev hendes tur. Men det var ikke i dag; det var en anden dag for længe siden.

Efterhånden har hun bundet sig temmelig meget ind, og nogle af de folk, der kommer og går til og fra og ud og ind af venteværelset, tror, at skaden på Lene, hvis navn de dog ikke kender, er alle de snore, staklen nok ikke kan komme ud af. Det er dem, der ikke har set med fra starten, hvor hun begyndte at vikle sig ind, føler hun. Hun griner lidt for sig selv. Lad dem tro, hvad de vil. Dem der har være med hele tiden og har set det, smiler venligt, lidt for venligt til hende som om, det er en spøg, de går med på. Egentlig kan hun slet ikke lide deres smil. Det føles som om, de tror, hun har fis i kasketten. De aner ikke, hvad det virkelig gælder.

Der er en lang mørk tunnel i hendes erindring. Hun ved godt, hun har været syg. Eksamen måtte hun droppe. Det var også før, hun havde fundet ud af det med snorene. Hun er rask nu og holder sig oppe ved hjælp af snorene. Dem har hun da heldigvis, og måske skulle hun begynde igen på noget fornuftigt ude i den virkelige verden. Hun spurgte Jesper, og han sagde, det var en glimrende idé. Jesper ved meget. Men hun har ikke fortalt ham det med snorene. Det er ligesom om, at hvis hun fortæller ham det, ophører deres virkning, og det ville være katastrofalt.

Da Lene har bundet sig godt ind, kan hun ikke foretage sig mere. Sekundviseren begynder at gå langsomt igen: rýk - ryk - rýk - ryk - rýk - ryk. Havde hun været forudseende, havde hun inden eksperimentet snuppet nogle af de gamle ugeblade, der ligger der, eller Jyllandsposten med nyhederne. Egentlig vil hun utrolig gerne læse ét eller andet. Måske er det især, fordi hun ikke kan komme til det. Men et eksperiment er et eksperiment, og hun vil ikke ødelægge det ved at vikle sig ud af snorene. Så må sekundviseren gå med den langsomme fart, den lige nu har lyst til, indtil hun skal kontrollere den, når hun får travlt.

"Davs Lene", lægen står og kigger ned på hende, "har du lavet dig et bur? Er der en hank, jeg kan bærer dig indenfor i?"

Lene kigger ud gennem tremmerne, dvs. snorene, smiler og giver fingerkys til publikum udenfor "buret". Nu er der tjek på det.

SKOLEVEJEN
drama

Kakkelovnen knitrer. Lillebror sidder i højstolen og sparker med benene. Han pjasker med skeen på maden. Hanna tager skeen fra ham og falder i staver over havregrøden.

Hun går i 2. klasse og er foran de andre i regning. I går var hun stødt på et nyt ord, de ikke havde lært i klassen, så hun gik lidt stolt op med regnebogen, viste lærer Knudsen ordet og sagde:

"Hvad betyder ele-van-tal?

Så smilende han bare og sagde:

"Der står elev-an-tal."

Hvem kunne vide det?

Lillebror smider tallerkenen på gulvet. Hanna bukker sig og samler den op. Hun går ud i køkkenet for at hente en klud, og lillebror sætter i et hyl. Mor kommer ind og tager ham op.

"Har du pakket dine bøger?" Det er mor med lillebror i favnen. Hanna nikker.

“Jeg hjælper dig lige i tøjet,” siger mor, " når jeg har sat ham her ned i kravlegården. For du skal have tre par smækbukser på i dag under trøjen og jakken. Det er meget koldt udenfor.”

“Hvorfor det? Jeg kan godt selv tage tøj på. Og jeg vil ikke have tre par bukser på, kun to, ellers kan jeg ikke røre mig.”

“Det er noget jeg bestemmer, det er meget koldt i dag.”

“Hold da op, jeg vil ikke have alt det tøj på.”

Hun bliver drillet i skolen, hvis hun får alt det tøj på og skal vralte af sted.

“Sludder. Kan du så høre efter!”

Mor lægger lillebror ned i kravlegården. Så tvinger hun Hanna ned i tre par bukser.

Hanna tager trøje, frakke, hue, halstørklæde og støvler på og skoletasken i hånden.

“Farvel mor.”

“Hej hej skat, og pas nu på ikke.”

Far er ved at skovle sneen væk på de to trapper, der går fra hoveddøren og ned på hver sin side af stenhøjen. Hun skal til at hop-løbe ned ad den ene trappe men besinder sig og går forsigtig ned.

"Hej far."

"Gå nu forsigtig og pas på bilerne," siger han og smiler.

Sneen dækker perlestene og fliserne. Hun går ovenpå den knitrende sne gennem gården og ud ad havelågen.

Sneen er skovlet op langs vejkanten. Hun glæder sig til skolen og til at lege med alle børnene.

Hun går forbi der, hvor Christian og hans lillesøsters farmor og farfar bor. I ferierne leger hun med Christian og hans lillesøster, når de er på besøg.

Ved siden af ligger Jens' fars frugtplantage. Jens legede hun med, inden hun begyndte at gå i skole. Nu leger hun mest med sine skolekammerater.

Længere oppe ad vejen bagved Jens' fars gartneri ligger Pernilles forældres gård. Den kan man ikke se i dag. Pernille går ikke i Hannas skole, og hun er så bange og genert, at det er svært at lege med hende.

Hendes hjerte banker højt, da hun nærmer sig det røde hus på højre side.

Måske opdager hunden hende ikke i dag, hvis hun lister. Den sidder hver morgen udenfor og holder vagt ved en barnevogn.

Den har opdaget hende. Den knurrer og viser tænder. Hun går i en stor bue udenom.

Det begynder at blæse og at sne. Hun vender sig rundt, spreder armene. Prøver at fange et snefnug med tungen, som er landet på næsen. Hun løfter hænderne op mod snefnuggene og ler, bukker sig og tager noget af den fine sne op. Hendes vanter bliver våde, men det gør ikke noget, for hun har næsten nået Carinas hus nu. Så er hun snart i skole.

Det blæser mere op; hun mærker sneen i ansigtet som små stik. Hun trækker huen ned over ørerne og tørklædet længere op om hagen og går baglæns, så hun får vinden i ryggen. Hun sveder i de mange lag tøj og går stift af sted.

Hun kommer til at tænke på en eftermiddag, hvor hun legede med Carina og det også sneede.

Da hun skulle hjem og spise aftensmad, spærrede Carina døren indtil huset:

"Din skoletaske er væk," sagde hun og grinede, "du kan ikke gå hjem, før vi finder den."

"Den står lige bag døren," sagde Hanna og prøvede at skubbe Carina væk fra døren. Men Carina blev stående, skubbede tilbage og ville ikke flytte sig. Til sidst gik Hanna hjem uden skoletaske.

Hjemme ringede telefonen ligesom Hanna var

kommet ind ad døren. Carina havde 'fundet'
skoletasken.

Hanna måtte gå den lange vej tilbage for at
hente tasken. Da hun kom, stod Carine i døren
og rakte skoletasken frem.

"Den stod lige bag døren," grinede hun fjollet.

Hanna gider ikke lege med Carina. Hun lyver
og laver numre.

Men. Hanna stivner. Skoletasken! Den er væk.
Hun har den ikke i hånden. Den er rigtig væk.

Hun går tilbage ad vejen for at lede. Sneen
vælter ned. Værre end nogen andre dage. Den
fyger hende lige ind i ansigtet. Tørklædet, hun
dækker ansigtet med, er vådt med isklumper i.
Hun kan næsten ingenting se. Hun føler sig
frem med fødderne, mens hun leder, for ikke at
falde i grøften. Hun kan ikke se skolen mere. Og
hun kan ikke finde skoletasken.

*

Det er blevet august. Hanna er begyndt i 3. klasse i en ny centralskole, der lige er bygget. Den ligger meget tættere på, hvor hun bor, end den gamle gjorde.

Hun var glad for sin gamle skole. Det eneste irriterende ved den var skolevejen om vinteren, når der var meget sne. For så måtte hun gå fire kilometer til skolen, fordi hun ikke måtte cykle i snevejr.

Hun har gået til dans og akrobatik fra hun var fem år nede på Strandvejens Badehotel. Det er tæt på, hvor hun bor, kun 900 meter, men der var ingen skole. Hun var den, der havde længst til skole af alle eleverne. Så godt, der er kommet en ny centralskole tættere på.

En gang havde hun tabt sin skoletaske. Hun blev også selv væk i sneen men fandt frem til skolen, da det holdt op med at sne. Hun fik fri fra skole, selvom hun troede, hun skulle skældes ud, når skoletasken var blevet væk. Far kom og hentede hende, og mor havde bagt kage og lavet chokolade. Hun fik fine nye bøger, nyt penalhus med blyanter og en fin ny taske.

Da det blev forår og sneen smeltede, dukkede tasken op igen, rusten på spænderne og grå i det og med alle bøgerne slemt tilredte af at ligge ude så længe, men man kunne godt se, hvad der stod i dem. En mand kom og afleverede tasken. Han fandt hendes adresse, fordi der stod hendes navn i tasken og på bøgerne.

Hun håbede, at hun ikke skulle aflevere de nye fine bøger, penalhuset og den nye taske, da den gamle dukkede op. Det syntes de voksne heldigvis ikke, at hun skulle.

HUL
om at blive væk

Der bliver hul i lænestolen, når man sidder i den og tynger sædet ned. Dér, hvor sædet og armlænet mødes. Hun mærker efter. Der er rigtig meget plads nedeunder hullet. Hun kan få halvdelen af armen ned i hullet.

Udenfor stormer og regner det.

Hidsige regndråber trommer mod ruden og samles som små bække.

Hun sidder i lænestolen ved sofabordet under vinduet. Inde i kaminen smyger ildtunger sig om træstykkerne bag glasset. Sort sod danser i bitte små, lysende ildgnister, der eksploderer i højlydte knald.

Forældrene sidder i rummet ved siden af og arbejder. Hun kan høre dem.

Hun er ved at lægge et puslespil, der ligger på bordet. Det er halvt færdigt. Varmen fra kaminen er ved at være påtrængende. Hun sveder, flytter sig og taber en puslebrik ned i hullet i sædet. Ikke godt. Med hånden og armen forsøger hun at fange brikken i hullet. Hvis puslespillet mangler en brik, kan det ikke blive helt. Hun leder og leder.

Hun rejser sig. Det kan være, at mor kan hjælpe hende. Eller måske far. Hun ved godt, hun ikke må forstyrre, men hun kan ikke finde den brik.

"Mor vil du ikke godt hjælpe mig med ... "

"Kan du ikke se, jeg sidder og diskuterer med far ... "

"Far vil du så ikke godt ... "

"Nej, vi sidder altså lige og snakker om noget vigtigt, du må vente ... "

Hun går tilbage til lænestolen og sætter sig i den. Stikker igen hånden og noget af armen ned i hullet. Hun prøver ihærdigt at finde puslebrikken.

Hun leder og leder.

Hun får en følelse af at svinde ind. Hun bliver mindre og mindre. Hun bliver ved med at blive mindre. Nu er hun så lille, at hun sammen med hånden og armen kan få hele kroppen ned i hullet. Vupti. Og så kom benene med.

Der er mørkt nede i hullet. Hun vil op og finde noget lys, en lygte, at tage med ned, så hun kan se at finde brikken. Men hun kan ikke komme op, for hullet er der ikke mere, når hun ikke sidder på sædet. Hun trækker vejret anspændt. Hun hader mørke. Man aner ikke, hvad der er i mørket.

Hun er omklamret af sort, klistret mørke.

Hun træder på noget, samler det op og føler med hænderne, at det er et stykke pap. Hendes øjne er ved at vænne sig til mørket ved den smule lys, der trænger igennem stoffet i stolens sider. Hun ser, det er puslebrikken. Endelig.

Den er levende og imødekommende. Den fortæller, at nu kan puslespillet blive helt, så hun kan blive færdig med at lægge det. Snakker om, hvordan det er at lege ude i lyset, når det ikke stormer og regner.

"Hej du. Vågn så op. Det er sengetid, og der er skole i morgen."

Det er mor, der står over hende og rusker hende blidt og kærligt. Hun mærker hendes parfume og rent duftende hår mod sin kind.

Hun gnider sig i øjnene og føler, at hun har noget skarpt i hånden. Det er puslebrikken.

DA JEG VAR FREMMEDARBEJDER
en sand fortælling

Den 25. februar 1965

Min veninde Emmy og jeg så ved et tilfælde en annonce i Berlingerne hjemme i København. "Gärtner Pötschke OHG" søgte sæson arbejdere til deres fabrik i Tyskland. Vi syntes, at det at gå på eventyr i et andet land måtte være spændende og lærerrigt, så vi søgte begge to og fik job.

Den 19. januar for godt en måned siden, kom vi til Holtzbüttegen. Det er en lille by 12 km. udenfor Düsseldorf.

Som om himlen vidste, vores eventyr var begyndt, dalede sneen fredfyldt ned mod jorden, da vi blev hentet på stationen. Træer og huse blev til hvide formationer. Kun hjulspor og fodspor i sneen vidnede om, mens vi kørte, at vi ikke bevægede os i en luftbil mellem hvide skyer.

Vi stoppede ved en stor villa. Her fik vi af det venlige ægtepar, der havde hentet os, aftensmad og en god seng at sove i.

Næste morgen efter morgenmad blev vi kørt videre. Sneen var smeltet. Der var sjap overalt. En høj smudsig skorsten bygget sammen med en fabrik dukkede frem. Ved siden af lå lange rækker af barakker. Her skulle vi arbejde og bo i nogle måneder.

Fem andre danske og 20 svenske og norske piger var allerede samme morgen blevet indkvarteret. De havde ligesom os overnattet hos en modtagerfamilie. De kom også med eventyrlyst og for at øve sig i at tale tysk efter naturmetoden.

I barakkerne boede i forvejen tyskere og folk fra forskellige sydlige lande. Mange var fra Portugal, Spanien og Italien, hvor arbejdsløsheden var stor.

*

"Hvem snakker du med?" Emmy er lige kommet ind med et håndklæde viklet om håret og i badekåbe.

"Jeg har en lille diskussion med mig selv om nogle sko, jeg ikke kan finde," siger jeg.

"Hvorfor har du lavet så meget rod? Du har drønet halvdelen af skoene ud på gulvet."

"Jeg går i bad om et øjeblik. Skal lige have fundet to ens sko," siger jeg og tilføjer, "jeg skal nok sætte skoene tilbage i skabet."

"Vi skal snart møde på arbejdet, og du skal vel ikke bruge sko for at gå i bad?"

"Nej men jeg skal have sko på bag efter. Jeg håber ikke, du har brugt alt det varme vand."

"Og jeg skal nå at knappe din dumme kittel med tredive små knapper i ryggen," melder hun unødvendigt tilbage. Det ved jeg godt.

Da jeg er tilbage på værelset venter Emmy påklædt og parat. Jeg klæder mig hurtigt på, knapper de nederste knapper på arbejdskitlen, og trækker den over mig. Det er ikke muligt for mig selv at nå om på ryggen og knappe alle de tredive små knapper. Jeg kan heller ikke tage kitlen på knappet. Min mor har købte den smarte faconsyede kittel, kropsnær. Praktisk med lommer foran naturligvis. Jeg prøvede den ikke hjemmefra og tænkte derfor ikke nærmere over, hvordan jeg skulle få den på, før jeg stod med problemet hernede i Holtzbüttegen i Tyskland.

Emmy knapper løs på kitlen omme bag på min ryg, mens hun ud i luften skælder min mor ud for et så vanvittigt køb.

Vi går over på fabrikken, stempler ind og finder vores pladser.

"Hørte du Criceto i nat Emmy? Jeg fik ikke sovet ret meget for hans larm. Det lød som om de var flere. Mon de holder fest sådan nogle?" siger jeg, da vi har installeret os og er begyndt på arbejdet.

"Jeg vågnede på et tidspunkt, men så faldt jeg i søvn igen og hørte for en gangs skyld ingenting," siger Emmy og lægger en planteske ned i sin kasse.

"Måske er de flere. Kunne vi ikke spørge ledelsen, om vi må flytte til et andet værelse?"

"Jo, men jeg tror ikke, den går. Der er vist ingen ledige værelser."

"Ja, man kan vel ikke forvente, nogen vil bytte. Du talte forresten i søvne. Du grinede og sagde 'poor Anne'. Og så begyndte du at græde. Hvad drømte du? Det er lige før, jeg er fornærmet."

"Ha ha ha. Jeg aner ikke, hvad jeg drømte. Jeg har ellers nok af dig i vågen tilstand."

"Hov, hvad sker der dernede?"

En kontrollør længere nede ad midtergangen står bøjet over en lille spansk, middel aldrende kvinde. Han har dommedagsmine på og hundser højlydt med hende:

"Schneller schneller, Frau González, schneller schneller! Gestern haben Sie nur 27 Kartons gemacht. Wir müssen mindestens 35 und vorzugsweise 40 Kartons pro Tag haben.

Det er sandt, at vi skal pakke mindst 35 helst 40 kasser pr. dag. Hun kan ikke følge med.

Hun er grædefærdig og siger hele tiden:

"Ich bin doch keine kleine Maschine, Ich bin doch keine kleine Maschine." Hun fortsætter med de samme ord, efter han er gået."

"Det er synd for dem," siger Erina, der arbejder ved samme bord som Emmy og mig. "Hun gør sit yderste men kan bare ikke nå flere kasser."

"Dem?" Det er da ikke synd for ham kontrolløren." Emmy har vendt sig mod hende

"Nej ikke ham," siger Erina, "men hun skal forsørge både sig selv og sin søn. De bor sammen i barakken. Han er 17 år og er mentalt handicappet. De har boet her i otte måneder."

"Otte måneder?" spørger jeg, "hvordan kan det lade sig gøre? Jeg troede, det var sæson arbejde og at fru González var ved at blive fyret, fordi hun ikke kan leve op til kravene."

"Kontrolløren er en tyran. Der er arbejde her hele året, og noget af det må hun være ok. til, siden de ikke sender hende hjem. I Spanien er der kun arbejdsløshed."

"Hvor ved du alt det fra," spørger Emmy.

"Frau González har selv fortalt det til Inge, som jeg bor sammen med. En dag stod hun og græd udenfor døren ved portnerboligen, da Inge kom forbi." Erina lægger en pakke frø ned i sin kasse.

"Inge," siger jeg overrasket, "nordmanden? hende der kan gå i byen flere gange om ugen, komme hjem midt om natten og stå op kl. seks og alligevel være den, der altid kan nå flest kasser? Hun er altid oppe på 40, har jeg hørt."

"Ja hende. Det er helt utro ... "

Kontrolløren er på vej op mod os, så vi går alle tre i gang med at være flittige.

Arbejdet består i at lægge frø, planteskeer osv. i papkasser og lukke dem til. Der skal en seddel på med afsender og modtager.

Tyskland er stadig 20 år efter krigens ophør ved at genetablere sig og arbejde sig op til velstand. Befolkningen er umådeligt flittig og forlanger det samme af de arbejdere, der kommer udefra.

*

Emmy og jeg modtager hver 20 D-mark om ugen. Det svarer til ca. 75 danske kroner.

Om aftenen får vi noget sammenkogt mad bragt af en person, der kører rundt med den i en stor beholder på hjul. Vi har fået uddelt en bliktallerken hver med flad bund og en høj kant rund om. Den er ligesom dem, man ser på film, dem fangerne i koncentrationslejrene fik deres mad i.

Vores penge rækker ikke til ordentligt morgenmad og frokost, som vi selv skal købe. Når vi bliver sultne, spiser vi kiks med syltetøj. Vi trøster os med, at vi taber os. Teenagermodellen Twiggy er tidens idol. Hun er tynd som en bønne.

Arbejdstiden er fra syv morgen til fem aften. Vi har fri en time midt på dagen og fri lørdag og søndag. Det giver 45 arbejdstimer ligesom i Danmark. Men at have hele weekenden fri synes jeg er bedre end timefordelingen i Danmark, hvor vi arbejder 8½ time med ½ times pause 5 hverdage, og 5 timer om lørdagen og kun har fri søndag.

Man betaler Moms hernede. Det er en ny form for skat, som vi ikke kender i Danmark.

Vi går på aftenskole en gang om ugen og får

tyskundervisning. Jeg har haft tysk fire år i skolen. Men her er vi flere forskellige nationaliteter, og læreren er indfødt tysker, så vi læser og taler alle kun tysk.

*

Emmy og jeg er fuld af forventning og nysgerrighed, da vi første gang skal opleve diskoteket i Düsseldorf. Vi begynder aftenen hjemme på værelset med et par glas af en hvidvin, der kun koster omkr. 3 D-mark i indkøbscentret.

Det er fredag, og vi har traditionelt for en fredag fået gule ærter med et lille stykke Wurst (pølse) i.

Vi spæner efter bussen mod Düsseldorf, hikkende pga. vinen og pruttende pga. de gule ærter, grinende over det komiske i situationen. For sent på den til at spadserer roligt. Vi skal nå bussen inden klokken 20. Den næste kører først kl. 22.

Ved indgangen til diskoteket sidder to damer:

"Ich soll deinen Pass sehen," siger den ene. De vil se vores pas. Det har vi ikke med.

"Warum?" spørger vi. Vi er målløse. Det fatter vi ikke en brik af. Og efter alle vores anstrengelser.

Den anden dame siger uanfægtet:

"Du bist nicht älter als 16 Jahre."

"Jeg er 21 år," udbryder Emmy dybt indigneret.

"Og jeg er 19 år," supplerer jeg med tryk på nitten.

Vores protester preller fuldstændig af. Vi anede ikke, man skulle have pas med. Man skal bevise, man er over 16 år. Hele vejen i bussen hjem skælder Emmy mig ud:

"Det er også fordi, du har den lyseblå 'konfirmationskjole' på," siger hun.

Hvad hun så end mener med det. Hun kom da heller ikke selv ind.

De næste gange husker vi passet. Vi gør os i stand til aftenen, mens vi får os et par glas vin. Den støjende Criceto har vi næsten glemt.

Vi betaler for indgangsbilletten til diskoteket og køber et enkelt glas sodavand ved baren. Ingen ved med undtagelse af bartenderen, at der ikke er sprut i. Et sådant glas sodavand kan vare hele aftenen. Vi modtager aldrig drinks. Vi tror, det forpligter, og det har vi ikke lyst til.

Jeg bliver altid overrumplet af musikken, der dunker hårdt i brystet, før den når ørerne.

Der er spejle, stroboskoplys og spotlights i alle farver og røgslør over gulvet. Gulvet ligger rundt om en søjle som en rund skive ud til borde og hjørner mod dæmpet belysning. De, der danser på gulvet, går i et med musikken som ét kæmpe dyr, der vrider sig rundt.

Emmy er cool. Hun lader som om, at den form for dansested er hun er helt fortrolig med.

Af og til lige før vi skal gøre os i stand til at gå i byen udbryde Emmy med skræk i stemmen, mens hun ser sig indgående i spejlet:

"Jeg har fået en bums på næsen – se selv. Jeg skal ingen steder i aften."

Det lyder dramatisk, så jeg tager luppen frem og ser på hendes næse.

"Så se dog ordentligt efter og fjern den lup," siger hun irriteret.

"Der er kun en lille prik. Kan du ikke bare lægge lidt puddercreme på, hvis du tror, du kan se en bums?" siger jeg.

"Og så lige midt på næsen. Der hvor den plejer at komme. Bumsen bliver kæmpe stor," fortsætter hun som om, jeg ingenting har sagt.

Vi kommer ikke af sted, når Emmy har bumseforfølgelsesvandvid.

*

Vi er blevet rigtig gode venner med det portugisiske ægtepar, da Silvas. De har lille Paulo på fire år og er i Tyskland for at tjene til mandens fremtidige studier i Portugal. De taler rigtig godt engelsk og tysk. Vi har overtaget deres værelse. De fik et større værelse overfor os, da vi flyttede ind.

Der er støj og puslen under gulvet og i væggen i vores værelse, især om natten. Vi spurgte en dag da Silvas, om de havde lagt mærke til, om der måske var mus, da de boede der.

Til vores skræk sagde Senora da Silvas, at der boede en stor hanrotter inde hos os. De havde selv set den. Hun sagde:

"Da vi boede på jeres værelse kom Criceto en dag frem. Han spadserede ud på gulvet og så sig roligt omkring, imens vi sad og spiste frokost. Da han så os, spadserede han med værdighed tilbage til sit hul i væggen nede ved gulvet. Senhor da Silvas skyndte sig at hamre et bræt foran hullet.

"Criceto??" Emmy og jeg sagde det i munden på hinanden.

"Ja lille Paulo sagde 'Criceto' og pegede, da han så den. Det betyder hamster på portugisisk."

"Er det en hamster? spurgte jeg vantro. Og Emmy så lige så desorienteret ud.

"Nej nej, det er som sagt en stor rotte. Det var bare lille Paulo, der troede det. Han har en billedbog med en hamster i." Hun tilføjede forsigtigt, efter hun har konstateret, at Emmy og jeg har sundet os efter meddelelsen:

"Vi kan desværre høre, der rumsterer rotter eller mus herinde under vores gulv også. Senhor Da Silvas har banket et bræt hele vejen rundt ved gulvet, så de kan ikke komme ind der."

Emmy og jeg bor altså på værelse med Criceto, en stor hanrotte som tilsyneladende føler, det er hans værelse.

Cricetos mest aktive tidspunkt på døgnet er om natten. Han arbejder højlydt under gulvbrædderne og i skillevæggene uden nabohensyn til reglement om sovetidspunkter og ro.

Somme tider om aftenen, når vi er på vores værelse, føler vi, Criceto sidder på hylden over døren og holder øje med os.

Men han er der ikke, når vi kigger op.

"Hvor mange pakker nåede du i dag?" spørger jeg.

Det er endelig blevet fyraften. Jeg sidder på sengen. Vi venter på madvognen.

"Jeg nåede 40 pakker, men sikke et morakkeri," siger Emmy. Hun sætter sig på sin seng og smider skoene.

"Jeg nåede 39," siger jeg, "det er rekord for mig."

Madvognen er på vej. Den rasler hen ad den smalle gang og stopper op ved hvert værelse på begge sider.

Da den når ud for os, åbner Emmy døren. Herr Sanders kører vognen halvt ind over dørtærskelen og løfter låget på madbeholderen.

"Gnaben Sanders," siger Emmy, "Sie etwas Leckeres für uns heute?"

Hun mener det ironisk. Maden er ikke lækker. Vi ved hver dag, hvad vi får, fordi vi får den samme mad hver ugedag. I dag ved vi, at vi får gule ærter med et lille stykke af Tysklands berømte pølse i, fordi det er fredag. Hun rækker sin tallerken frem mod ham.

Så lyder et rædselsskrig. Emmy taber sin tallerken ned i madbeholderen. Maden sprøjter op på hende og Herr Sanders. Mine nakkehår rejse sig og det prikker underligt i min krop.

"Was in der Welt ...?"

Herr Sanders springer tilbage og vælter baglæns ind i værelset overfor hos da Silvas. I et glimt gennem den åbne dør ser jeg deres dækkede middagsbord rokke faretruende. Noget bestik og et par tallerkener ryger på gulvet. Det lykkes Herr Sanders at finde balancen igen.

Jeg går på gele ben hen til Emmy, der er rykket nogle skridt baglæns fra madbeholderen. Hun ser helt forkert ud i hovedet under ærtevællingen, der også driver i plamager ned ad tøjet på hende.

Andre beboere kommer bestyrtet til.

Vi står og kigger ned i madbeholderen. En stor mobbedreng af en rotte sejler rundt i de urolige madbølger klamrende sig med forpoterne til kanten af en bliktallerken.

Bliktallerkenen er tæt på at kæntre. Herr Sanders ryster madbeholderen. Tallerkenen synker som en kæntret skude og Criceto laver hektisk crawlsvømning i bølgerne. Det må være

Criceto.

Criceto svømmer hen til kanten af madbeholderen og forsøger febrilsk at komme op ad den glatte inderside.

Ingen har lyst til at hjælpe stakkels Criceto.

Langsomt og sprællende synker Criceto ned i dybet af den udefinerlige madsubstans.

Så bliver overfladen stille.

Den 4. marts 1965

Gulvene overfor os er brækket op, og en ulidelig stank af døde rotter overdøver alt. De har fået rottegift og er bukket under. Der er gået en uge siden Criceto forliste fra tallerkenen ned i madsubstansen. Alle beboerne på den modsatte side af gangen er evakueret.

Jeg ved endnu ikke, hvor familien da Silvas er flyttet hen.

Vi dækker næse og mund til, så snart vi kommer ud fra vores værelse og skal forbi de fjernede gulvbrædder.

Criceto må have været enegænger, når han var den eneste, der levede på vores side af gangen. Jeg håber ikke, ledelsen har overset noget.

Måske var Criceto trods alt heldig med sin druknedød. Han druknede på fyldt mave, eller var det fyldte lunger?

I det mindste blev han ikke forgiftet.

Den 5. april 1965
Jeg har fået et langt og skønt brev fra Portugal fra Da Silvas.

De tog hjem, da gulvene blev brækket op. De havde optjent, hvad de planlagde, og Senhor da Silvas er indskrevet til sine studier. De syntes, at rottesituationen gav et passende tidspunkt at rejse hjem på.

Den 20. april 1965

Det første forår er på vej. Snefnuggene fra januar er forvandlet til forsigtige små knopper på træerne.

Bagagen er pakket i en vis orden, også skoene.

Toget kører mod Danmark.

ORD I VINDEN
en anden tid

Somme tider, når jeg lytter til vinden, hører jeg ord fra dig. Bladene hvisker tanker om det, der var, og det der kunne have været. Kronerne hvisker: "En anden tid." Som staccato.

Livet er delt i epoker? En epoke forsvinder og en ny kommer til. Hele tiden. Bølgerne i havet leger med vinden, mødes på land, ruller tilbage og skjuler strømmene under.

Mågerne flyver, dykker efter fisk, hviler i flok eller to og to. Måske pirker en enkelt måge alene.

Når asen Thor er på vej, bliver fuglene tavse. Himlen bliver mørk. Hammeren drøner tordnende over skuet med mægtige lyn efter sig.

Solen smiler opklarende efter regnen uanset.

Tænker du nogensinde på dengang, vi var på camping i Sverige? Skoven med de tætte, høje træer gik ned til sandet på stranden. Der var das i lysningen i små skure med plads til 2 personer.

Vi benyttede dem dog enkeltvis. Så var der Flemming, som tabte bilnøglerne til vores camper. Han fik i hvert fald skylden. I tre dage siede vi en hel sandstrand igennem med hænderne eller en si, som børnene lånte, når de legede med sand.

Laila fandt nøglerne – i bagagerummet, da hun skulle hente et par sko.

Det blev igen muligt at hente morgenbrød, lisende hvid mælk og opkvikkende rødvin. Ligesom solen over fjeldet klarede vi op.

Samme morgen tøjrede vi øllerne, vi også havde hentet, til en mini-bropille i strandkanten. Der kunne de få lov at ligge for at køle af, fredeligt og vuggende i et rødt vandfad.

Da vi kom tilbage hen ad aftenen, var det vuggede røde vandfad styret til havs med hele besætningen af uoptrukkne øller. Det var et svig af ukendte dimensioner.

Da mørket faldt på, lavede vi bål og satte os i en rundkreds om det. Vi blev mørke skygger, der legede rundt om et lystigt knitrende bål, imens månen glimtede hen over vandet og lyste op sammen med stjernerne.

Christian spillede på guitar, og vi sang med glødende iver og indlevelse: ”I kan ikke slå os ihjel...” ”Syng en enkelt sang om frihed...” og ”Når lyset bryder frem...”

Verden var ny og spændende, fuld af mystik og kærlighed.

Epokerne skifter.

Vinden smyger sig og indhenter eller afviser.

Vi levede et liv sammen.

Nu er du i en ukendt sfære. Men undertiden, når jeg lytter, er du der – et sted.